AF336920

LA

CRINOLINE

PAR NORBERT BONAFOUS

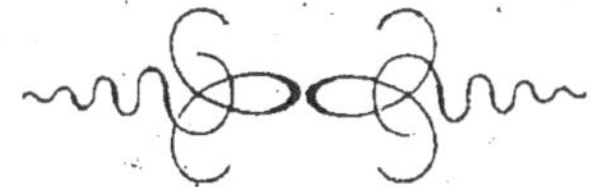

AIX

IMPRIMERIE ILLY, RUE DU COLLÉGE, 20

1858

LA
CRINOLINE

PAR NORBERT BONAFOUS

BIBLIOTHÈQUE IMPÉRIALE IMPR.

AIX

IMPRIMERIE ILLY, RUE DU COLLÉGE, 20

1858

LA CRINOLINE

Du stylet de mes vers, absurde crinoline,
Je veux faire un accroc à ta sotte machine,
Ballon gonflé de vent, dont les antres profonds
Ont englouti la femme, ornement des salons.
Partout sur le pavé je vois avec surprise
Les dômes ambulants de Saint Marc de Venise.
Le trottoir, envahi par ces vastes atours,
D'un immense rempart tout couronné de tours

Représente à mes yeux l'image pittoresque.
Qui donc inaugura cette mode grotesque?
Ces charpentes d'acier, ces arcs-boutants de crin,
Que cimente l'empois et couvre le satin,
Quel en est donc le but? Est-ce de faire croire
Que tout est habité dans cette chambre noire?
Quelle erreur ! *A louer un grand appartement*
A Saint Michel prochain ou bien présentement,
C'est l'écriteau qu'il faut apposer sur vos jupes ;
Mesdames, croyez-vous que nous soyons vos dupes?
Vous vous tromperiez fort. En cette occasion,
Ne pas être et paraître est votre ambition ;
Ces falbalas bruyants, cette large tournure,
Sont le produit de l'art et non de la nature.

Jadis lorsque des Grecs le peuple ingénieux
Des Graces ciselait le trio radieux,
Pour rendre leur beauté plus piquante et plus vive,
Il ne les habillait que de pudeur naïve :
Vêtement trop léger, qui ne suffirait pas
A couvrir les secrets de vos chastes appas.
Certes je suis bien loin d'approuver une mode
Qui de la modestie offenserait le code.
Idolâtre de l'art et de la liberté
L'artiste grec pouvait braver l'honnêteté.

Quant à nous, nous voulons un peu plus de mystère,
Quelques voiles de plus. La femme qui veut plaire
Cache tout, et pourtant laisse tout deviner.
Mais lorsque je vous vois, que puis-je imaginer,
Comtesses du tonneau, dont la décuple enceinte
Donne droit au soupçon de quelque noire feinte?
En effet, qui dira, si sous ces grands jupons
Les mollets sont taillés sur de nobles patrons,
Si la hanche saillit en un contour honnête,
Si le torse est bien droit, et la jambe bien faite.
Je soupçonne pour moi que cette invention
Eut pour but de cacher quelque incorrection,
Des jambes en zigzag, une taille grossière,
Un ventre rejetant le buste sur l'arrière,
Une hanche aplatie et dessinée en creux,
Tous les défauts enfin d'un galbe malheureux.

Vous donc qui n'avez pas à craindre la censure,
Femmes faites au tour, belles sans imposture,
Croyez-moi, renoncez à cet accoutrement
Qui vous donne l'aspect d'un vaste monument :
Vous enfin qui pourriez à l'œil de Praxitèle
De la Junon d'Argos offrir le pur modèle,
N'allez pas acheter, tant le mètre courant,
Les monstrueux appas qu'on quitte en se couchant.

Que la femme bossue, obèse, contrefaite,

S'efforce de cacher sa honteuse défaite,

C'est tout simple ; elle en a de fort bonnes raisons.

Mais vous, dont la beauté règne dans nos maisons,

Vous qui reproduisez la grâce et l'élégance

De l'aimable Vénus qu'on admire à Florence,

Pourquoi persévérer dans un coupable excès,

Et contre la raison soutenir le procès ?

Car tout le monde dit que la femme radote,

En briguant les honneurs de Vénus Hottentote.

Encore, si c'était par esprit de pudeur

Que sous des vêtements d'une immense rondeur

Vous cachez à nos yeux ces formes attrayantes,

Véritables écueils des âmes chancelantes,

Nous pourrions, en faveur de cette intention,

De vos robes souffrir l'exagération.

Mais, loin de là ; cédant au conseil le moins sage,

Vous étendez la jupe aux dépens du corsage ;

Pour protéger le bas vous exposez le haut,

Et dans la citadelle on pénètre d'assaut.

Quand la poitrine est libre, et que l'épaule est nue,

Qu'importe des jupons l'enceinte continue ?

La femme qui s'expose est vaincue à demi,

Et ne soutiendra pas le feu de l'ennemi :

Place qu'on démantèle est bien près de se rendre ;
Marchandise étalée est marchandise à vendre.

Voyez d'ailleurs, voyez à combien d'embarras
Ces cages à poulets ne vous exposent pas.
Dans toutes les maisons, quand vous faites visite,
L'escalier est étroit et la porte petite.
Le coupé gracieux, où jadis les époux
Passaient sur le pavé des quarts d'heure si doux,
A la femme aujourd'hui ne suffit qu'avec peine ;
Le mari marche auprès, car la voiture est pleine.
Encor même la dame, en cet étroit boudoir,
De peur de se froisser, évite de s'asseoir :
Debout, le dos voûté, le nez à la portière,
La poitrine en avant, et les pieds en arrière,
Elle maudit l'honneur de sa rotondité.
Voyez les omnibus dans la grande cité :
Ils sont presque complets avec six crinolines ;
Et malheur à celui qui les a pour voisines !
« Prenez garde, monsieur, vous êtes peu galant ;
Vous allez déchirer ma robe, mon volant.... »
Il s'élève un concert de plaintes unanimes.
Cependant vous avez, pour vos trente centimes,
Le droit de vous asseoir sur ces coussins mouvants,
Sur ces outres d'Éole où murmurent les vents.

Ministres du Seigneur, prononcez l'anathème ;
Le temple est envahi : la dévote elle-même,
De douze cotillons coupable au premier chef,
Majestueusement s'avance dans la nef.
Le bédeau, contemplant sa marche triomphante,
Reste la masse en l'air et la bouche béante.
Elle arrive à sa place, et d'un revers de main
S'efforce d'aplatir son vaste arrière-train.
Inutiles efforts ! Car, pour qu'elle ait ses aises,
Il ne lui faut rien moins que trois ou quatre chaises.
Si nous avions la foi comme nos bons aïeux,
Il faudrait sans retard agrandir les saints lieux,
Ouvrir à deux battants les portes des églises,
Sur de longs canapés voir les dames assises,
Et même leur céder, au sacré tribunal,
Les trois compartiments du confessionnal.

Soyons justes pourtant ; quand un cas est pendable,
Si l'accusé du fait est reconnu coupable,
Il peut, grâce au secours d'une éloquente voix,
Esquiver à demi la vindicte des lois,
Comme on dit au Palais, plaider les circonstances,
Et dans les cœurs émus gagner des indulgences.
La crinoline a droit à la même faveur ;
Suspendons un instant le rôle de censeur,

Et, comme un avocat qu'on a nommé d'office,

Essayons d'arrêter le bras de la justice.

Oui, le crin et l'acier, le coton et l'empois,

Malgré tout ce qu'on dit, ont du bon quelquefois,

Et prêtent leur concours aux lois de la morale.

Par exemple, on devient enceinte sans scandale,

Et le fruit de l'amour, en ce réduit discret,

Pendant neuf mois entiers peut mûrir en secret.

Si, contre son époux usant de stratagème,

Une femme à ses nerfs fait un appel suprême,

Qu'elle ne craigne rien, qu'elle aille jusqu'au bout,

En s'évanouissant elle reste debout.

Bien plus, elle pourra sauter par la fenêtre,

Sans qu'on doive appeler ni médecin ni prêtre ;

Car la jupe aussitôt, se gonflant sans effort,

Amortira le choc, écartera la mort,

Et de l'aérostat formant le parachute,

Préviendra tout danger d'indécente culbute.

Si le temps s'obscurcit, et qu'il vienne à pleuvoir,

De ses petits marmots, chose touchante à voir,

La mère sous sa robe abrite la couvée :

Fait-il trop grand soleil, l'ombre est bientôt trouvée ;

Et les enfants, cachés sous ce préau couvert,

Peuvent sauter, courir, jouer comme en plein air.

La crinoline enfin, asile inexpugnable,
Au mari seul, la nuit, rend la femme abordable ;
Autour du bastion l'ennemi rugissant
Tourne sans faire brèche ; et ce rempart puissant,
Des plus audacieux brisant la pétulance,
Retiendra désormais les amants à distance.
Bientôt disparaîtront les entretiens à deux,
Les propos caressants, les soupirs langoureux,
Les serrements de main, les œillades trop vives,
Le langage des pieds, et les danses lascives,
La Walse aux tours sans fin, la molle Mazurka,
La Scotish qui sautille, et sa sœur la Polka,
Les élans effrontés de la Varsovienne,
Et les balancements de la Sicilienne ;
Danses que, pour atteindre à son damnable but,
Un jour de Carnaval inventa Belzébuth ;
Où dame et cavalier, enlacés en spirale,
Collés l'un contre l'autre, en dépit du scandale,
De l'antique Cordace ardents imitateurs,
Attisent de Vénus les impures fureurs.
Ces excès vont finir ; grâce à la crinoline,
On ne peut plus avoir de femme pour voisine ;
Vous avez beau de loin explorer les dehors ;
L'honneur est dans la cage, et rit de vos efforts.

« Halte-là, dira-t-on, voilà bien le sophiste !
Le censeur de tantôt se fait panégyriste :
Avocat mercenaire, il plaide tour-à-tour
Et le bien et le mal, et le contre et le pour. »
Il n'en est rien pourtant ; mais, comme dit Horace,
C'est entre les excès que la vertu se place.
Certes je ne veux pas que la femme aujourd'hui,
Se vêtissant à peine, étale aux yeux d'autrui
Ces trésors de beauté dont, par une loi sage,
En droit, sinon en fait, les maris ont l'usage.
Non vraiment ; mais je crois qu'il serait de bon ton
Que la femme ne fût ni perche ni ballon,
Ni sonnette ni clou, ni cylindre ni sphère,
Et qu'au lieu de s'enfler elle cherchât à plaire.

Pestez, pauvres maris, vous en avez sujet :
D'un nouveau supplément grevez votre budget ;
Aux chapitres loyer, impôts, habits, cuisine,
Domestiques, chevaux, ajoutez crinoline.
Pour l'article toilette, en ce siècle maudit,
Il vous faut pour le moins doubler l'ancien crédit ;
Heureux si vous pouvez établir la balance,
Et si vous êtes seul à couvrir la dépense !
Mangez moins, buvez moins, et que votre estomac
S'habitue à jeûner, vide comme un vieux sac ;

Lorsque votre moitié s'arrondit à son aise,

Restez maigres et longs comme un bâton de chaise.

Choisissant au rabais maîtres et pension,

Marchandez aux enfants leur éducation :

Ils sauront moins de Grec, de Latin, de Physique,

Trouveront porte close au seuil Polytechnique,

Manqueront leur état, et la société

Tôt ou tard punira leur incapacité ;

Vous n'aurez point de dot, à donner à vos filles....

Qu'importent ces détails ? Qu'importent les familles ?

Ce qu'il faut avant tout, le suprême bonheur,

C'est de gagner l'argent aux dépens de l'honneur,

Afin que votre femme impudemment étale

Le luxe de Crésus ou de Sardanapale,

Et de vos revenus absorbe le plus clair.

Erreur, me dites-vous, chanson, propos en l'air !

Non, c'est la vérité. Que de tristes naufrages !

Comment nouer les bouts dans les petits ménages ?

Soit dit sans calembourg et soit dit en passant,

Les malheurs des maris vont toujours en croissant.

Voilà de tes hauts faits, infâme crinoline !

Puisse tomber sur toi la colère divine !

Puissent, quand tu parais, les gamins de l'endroit

Te poursuivre de cris, et te montrer au doigt !

Que les vents conjurés, avec d'affreux murmures,
Démolissent à fond l'acier de tes armures,
Comme un vieux parapluie au milieu du chemin
Qui ne laisse souvent qu'un bâton dans la main !
Et si ce n'est assez de cette catastrophe,
Daigne exaucer le Ciel ma dernière apostrophe !
Un temps viendra, le jour peut-être n'est pas loin,
Où Dieu de te punir prendra lui-même soin.
Puisse la femme alors, dans son contour immense,
Par la réalité remplacer l'apparence,
Posséder en effet ce qu'elle semble avoir,
Et courbant sous le poids du céleste pouvoir
Traîner péniblement, arrondie en futaille,
Trois cents kilos de chair suspendus à sa taille !!!

FIN.

www.ingramcontent.com/pod-product-compliance
Lightning Source LLC
LaVergne TN
LVHW051019060726
842524LV00007B/2697